아름다움을 노래하자

조규진 시선집

아름다움을 노래하자

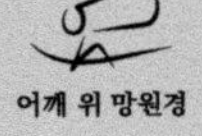

어깨 위 망원경

작가의 말

참으로 오래 걸렸습니다.

초등학교 6학년 국어시간이었습니다. 선생님이 '산'이라는 주제로 글짓기를 하라 하셨지요. 담담하게 먼 산과 가까운 산을 비교하여 글을 썼던 기억이 있습니다. 선생님은 저에게 매우 잘 썼다고 칭찬을 하셨습니다.

얼마 후 교육구청에서 주관하는 글짓기 대회에 학교 대표로 뽑혀 갔습니다. 한동네에 사는 여학생과 함께였지요. 당시에 체력이 약했던 저는 가는 버스 안에서 멀미를 하였기에 정신마저 혼미한 상태가 되고 말았습니다.

글짓기 주제는 '시험공부'였습니다. 당시 저는 가정 형편상 중학교 진학을 포기한 상태였기에 그 상황에 대해 썼습니다. 주제를 벗어난 것이었고, 결과는 당연히 낙선이었습니다. 함께 한 여학생도 같은 결과였습니다. 선생님은 '기대했었는데….' 하시며 매우 아쉬워하셨습니다. 그즈음 시험공부 상황을 썼으면 좋았을 텐데, 그러지 않은 아쉬움이 남습니다.

그때부터 문학 소년을 꿈꾸기도 하여 청소년 시절 교회에서 문학 활동도 했습니다. 그러다가 여러 가지 삶의 환경 때문에 까맣게 잊고 있었습니다. 멈추지 말고 계속 정진했으면 좋았을 걸 그랬다는 후회도 합니다.

그 후 목사가 되었고, 많은 시간이 흘렀습니다. 어느 지인의 교회 치유센터 개원예배에 참석하게 되었습니다. 저에게 축사를 부탁하기에 축시로 대신했습니다. 당시 청중의 열렬한 반응이 저를 놀라게 했습니다. 그 순간 어릴 적 일이 떠올랐습니다. 다시 한번 써 봐야겠구나, 생각이 들어 시작했습니다. 한 편 두 편, 재미가 붙었고 낭송하면 반응도 좋았습니다.

지난 10여 년 동안 쓴 것 중에 일부를 여기에 모

았습니다. 다시 돌아보니 부끄럽기 짝이 없지만 그래도 용기를 내어 세상에 내놓습니다. 한 사람이라도 감동이 되고 은혜가 된다면 보람이라고 생각하기 때문입니다.

이 시집을 내놓게 된 것은 항상 든든하게 지지해주고 응원해 준 영원한 동반자 아내의 격려 덕분이기도 합니다. 나의 첫 시집을 사랑하는 아내에게 바칩니다. 무명의 작가임에도 흔쾌(欣快)히 출판을 허락해주신 정원우 대표님과 열과 성을 다해 세밀하게 살펴서 편집해주신 이원석 편집장님께 심심한 감사를 드립니다.

차
례

1장 봄의 노래

2장 여름의 노래

3장 가을의 노래

4장 겨울의 노래

5장 자연의 노래

6장 세월의 노래

7장 사랑의 노래

8장 일상의 노래

주제시

아름다움을 노래하자

봄이 오면,
파릇파릇 대지에 새싹이 솟아나고
올망졸망 가지마다 꽃잎이 피어나서
예쁘게 꾸며지는 아름다움을 노래하자.

여름이면,
살랑살랑 하늘에 흰 구름 떠돌고
작렬하는 태양빛 쏟아져 내려와
초록희망 춤을 추는 아름다움을 노래하자.

가을이면,
산들바람 들판에 오곡백과 익고
가지각색 단풍잎 온천지에 수놓아
멋지게 채색하는 아름다움을 노래하자.

겨울이면,

찬바람 처마 끝에 고드름 열리고
벌거벗은 나무들 견뎌내라며 입혀준
맑고 밝은 흰 꽃 세상 아름다움을 노래하자.

매일매일,
도란도란 이야기를 친구들과 함께 나누고
저 산 너머 무지갯빛 꿈 찾아 달리며
익어가는 인생의 아름다움을 노래하자.

노래하는 인생에게 사랑이 있나니.
노래하는 인생에게 행복이 있나니.

1
장

봄의 노래

봄이 왔다

겨우내 차갑게
얼어붙었던 가슴에
따뜻한 봄이 왔다.

한겨울 찬바람에
움츠러든 마음을 녹여줄
따스한 봄이 왔다.

꽁꽁 얼어버린 대지에
예쁘게 새싹 움트게 할
반가운 봄이 왔다.

슬프게 얼어붙은 가슴에
기쁨을 주는 봄이다.
아프고 절망했던 마음에
희망을 주는 봄이다.
예쁜 모습으로 뛰쳐나와

사랑을 나누는 봄이다.

그대여,
넓은 가슴으로 봄의 대지를 품어보자.
따뜻한 마음으로 봄의 희망을 노래하자.
사랑스런 모습으로 봄의 하늘을 날아오르자.

내게도 봄이 올거야

차가운 눈보라 쌓인
얼어붙은 대지 위에
따뜻한 햇볕 내려앉으니
숨어 있던 생명의 씨앗들이
파릇파릇 솟아오른다.
봄이 왔다고.

차디찬 바람 불어
죽어있던 가지에
따스한 바람 찾아주니
움츠렸던 생명의 싹들이
기지개를 펴고 살아난다.
봄이 왔다고.

삭막한 가지와 꽁꽁 얼어버린 세상
어디에도 깃들일 곳 없다고
슬픈 울음 울어내던 새들이

이제는 기쁜 노래 쏟아낸다.
봄이 왔다고.

얼어붙은 경제사정에
풀리지 않는 삶으로
굳어있는 우리 마음에도
봄이 올 거야.

피눈물 자아내는
고된 사역의 길에
밤마다 눈물짓고
'아버지여, 살려주소서.'
호소하는 소리 들으시니
내게도 반드시
봄이 올 거야.

차디찬 겨울을 몰아내고

따스한 희망이 찾아와

살그머니 녹여내듯

내게도 반드시

봄이 올 거야.

봄이 오면,
파릇파릇 대지에 새싹이 솟아나고
올망졸망 가지마다 꽃잎이 피어나서
예쁘게 꾸며지는 아름다움을 노래하자.

봄바람 1

봄바람이 살랑살랑
겨우내 얼어붙었던 마음들을
녹여내고 있다.
마음의 문고리를 꼭꼭
걸어 잠갔던 사람들이
활짝 열어젖힌 마음으로
인사를 나눈다.

봄바람이 보들보들
겨우내 긴장했던 얼굴들을
풀어주고 있다.
힘들고 어렵다고 시름하며
주름 늘던 얼굴들에
환한 미소가 번진다.

봄바람이 하늘하늘
겨우내 갇혀 있던 사람들을

불러내고 있다.
춥다고, 얼어붙었다고
움츠렸던 몸들을
체조로 운동으로 풀어준다.

봄바람이 산들산들
겨우내 죽어있던 산하에
생명의 싹을 틔우고 있다.
죽은 것 같던 진달래 철쭉들이
기지개를 켜고 있다.
파릇파릇 숨을 쉬고 있다.

사람들아,
봄바람이 우릴 부른다.
생명의 기지개를 켜고
환한 미소를 지으며
희망의 세계로 달려나가자.

봄바람 2

바람이 살랑살랑 마중 나왔다.
겨우내 얼어붙게 하던 삭풍을 몰아내고
포근한 가슴을 열어젖힌다.

찬바람에 웅크리며 울던 나뭇가지들이
한들한들 반갑다고 춤을 춘다.
마디마다 기쁨의 노래 부르며
희망의 움을 틔운다.

눈 속에 묻혀있던 풀포기들이
살포시 잠에서 깨어 기지개를 편다.

졸졸졸,
녹아내린 계곡물이 흥얼거리며
넓은 세상 가 보자고 달음질한다.

사람마다 칙칙한 옷을 벗어 던지고

봄맞이 새 옷으로 갈아입는다.
굳었던 얼굴에 미소 번지고
걸음걸이 상쾌하게 박자 맞춘다.
움츠렸던 마음들 열어젖히니
반가운 인사가 오간다.

반갑지도 않은 미세먼지 찾아와
시샘하듯 내려앉지만
그래도 봄바람은 반갑기만 하다.

밝고 따뜻한 가슴들 열고
서로가 서로를 품어주면서
삶의 고통들을 이겨내야지.

봄바람 3

봄바람이 살며시
내게 다가와 속삭인다.
이제 따뜻한 계절이야.
네 마음도 따뜻해지렴.

내 볼을 살며시
비벼주며 속삭인다.
참 부드럽지?
너도 좀 부드러워지렴.

내 옷깃을 살며시
흔들어주며 속삭인다.
참 시원하지?
너도 좀 시원해지렴.

초록빛 나무를 흔들어주며
나를 부른다.

아름다운 자연의 세계야,
여기에서 더 행복해지렴.

봄바람이 살며시 내게 다가와
굳어있던 나를
부드럽게 녹여주며
행복의 나라로 이끌어간다.

봄의 계곡

쏴아아,
따뜻한 봄 햇살이 너무 좋다고
계곡이 소리치며 흐른다.

주르르르,
돌부리에 걸려 휘돌아치며
굴러 내린다.

차르르르,
갑자기 끊어진 절벽 아래로
춤추며 날아내린다.

처얼썩,
앞길을 가로막는 큰 바위를
내리치며 달린다.

잔잔한 호수의 평안을 찾아

흘러가는 앞길을 방해하지 말아라.

드넓은 바다의 행복을 찾아
달리는 앞길을 가로막지 말아라.

잠시도 쉬지 않고 달리는 인생길,
계곡을 흐르는 물과 같으니.

웃음꽃이 피었다

따뜻한 봄바람 부니
아름다운 산하에
웃음꽃이 화알짝 피었다.

담장을 휘감은 개나리,
정원을 단장한 산수유는
노오란 향기를 풍기며
노오란 웃음꽃을 피운다.

길가에 늘어선 벚나무는
연분홍 향기를 풍기며,
하이얀 웃음꽃을 피웠다.

뜰에 홀로 선 목련은
자주색 향기를 뿜으며
보랏빛 웃음꽃을 피운다.

휘영청 밝은 달빛 아래
저만치 서 있는 목련에는
은은한 향기 머금은
해맑은 웃음꽃이 피었다.

산골짝 등성이마다
무리 지어 늘어선 진달래는
불타는 향기 내뿜으며,
붉은 웃음꽃을 피웠다.

따뜻한 봄바람과 함께
내 가슴에도 웃음꽃이 피었다.
내 삶에도 향기로운 웃음꽃이 피었다.

꽃잎

때가 되면
따뜻한 봄날과 함께
환한 웃음으로
우리 곁에 다가온
꽃잎.

달이 차면
훈훈한 봄바람과 함께
기쁜 행복으로
우리 곁을 찾아온
꽃잎.

한겨울
찬바람을 이겨내고
눈보라를 견뎌내며
살그머니 피어난
꽃잎.

잔잔한 사랑의 감동이
눈물겹다.
줄기찬 생명의 능력이
애잔하다.

한 잎 두 잎
예쁜 웃음 주던 꽃잎이
사뿐히 내려앉아
비단길을 만들어 준다.
꽃잎 비단길엔
예쁜 사랑 이야기가 있다.
행복한 인생 이야기가 있다.

라일락 향기

그윽한 라일락 향기가
봄의 밤을 밝히고 있다.
조용히 눈을 감고 음미해 본다.

어렸을 적 봄나물 캐러 갔던
여아의 향기다.

아니,
어스름한 교회 마룻바닥에 주저앉아
함께 눈물로 기도하던
여학생의 향기인 걸.

아니야,
시집간다고 헤어짐이 못내 아쉬워
교회 마당에서 눈싸움으로 추억을 만들던
누나의 향기야.

그것도 아니야,
지금도 조용히 나만을 바라보며
나 하나만을 사랑하며
곁에 있어 주는
아내의 사랑의 향기야.

비가 오나 눈이 오나
기쁘거나 슬프거나
나의 부족함을 채워주며
사랑으로 감싸주는
아내의 지극한 사랑의 향기이지.

봄의 밤을 가득 채워주는
아내의 라일락 향기에
내 마음에 행복한 미소 가득해진다.

봄은 벌써 가고 있다

왔다고
인사도 잠시,
봄은 벌써
저만치 가고 있다.

무엇을 그리 서두는지
따뜻해서 좋다 했더니
며칠 사이에
햇볕 뜨겁게 달궈놓고
벌써 저만치 가고 있다.

반갑다고
기쁨도 잠시,
봄은 벌써
저만치 달아난다.

무엇이 그리 바쁜지

예쁜 싹 틔우나 했더니
그 사이에
푸른색으로 물들여놓고
저만치 달아난다.

예쁘다고
감탄도 잠시,
봄은 벌써
저만치 내달린다.

활짝 웃음 짓나 했더니
무엇이 그리 급했는지
어느새
꽃비 한가득 흩뿌리고,
저만치 내달린다.

2장

여름의 노래

매미

일주일을 살기 위해
칠년의 세월을 기다린 것이
너무 힘들었는지 서글프게 운다.

기나긴 세월을 암흑 속에 견디었건만
미처 살아 나오지 못한
친구들을 생각해서인가 애절하게 운다.

남들은 열심히 일하며 사는데
너는 왜 허송세월만 하느냐고
비난의 소리를 들어서인가 처절하게 운다.

인고의 세월을 견뎌내고
밝은 세상에 나온 것이
너무나 큰 기쁨이련가 기쁨의 노래를 한다.

참고 견뎌낸 세월에 비해

세상에 살 수 있는 일주일은
너무 짧은 생이라서 혼신을 다해 노래한다.

짧은 세월일지라도 기쁘게 살겠노라.
허망한 삶일지라도 보람 있게 살겠노라.
슬픈 생명일지라도 아름답게 살겠노라.
모두 함께 행복한 노래를 한다.

매미가 돌아왔다

장맛비가 그치자마자
여름철 매미가 다시 찾아왔다.

오랫동안 기다렸는데
며칠 후면 다시 가야 한다고
슬피 우는 매미.

다시 찾아오게 되어
너무너무 반갑다고
즐겁게 노래하는 매미.

우리 다시 만났다고
다시 화음 맞춰보자고
어우러져 합창하는 매미.

무덥고 습한 날씨에
짜증이 났나,

씩씩거리는 매미.

어디어디 어느 곳에
숨죽이고 숨어 있다
다시 찾아왔는가.

겨울철 찬바람과 눈보라를
어찌 견뎌내고
쏟아지는 장맛비를
어찌 이겨내고
다시 찾아왔는가.
반가운 마음에
함께 노래한다.

매미의 노래

수컷이 암컷을 부르는 구애라는
매미의 노랫소리가 진동한다.
저마다의 특유한 소리로 노래해도
제 짝은 알아듣고 찾아온단다.

참매미는
고추먹고 맴맴 달래먹고 맴맴
짝을 찾아 돌고 돌다가 어지럽다고
맴맴맴맴 매애앰~.

말매미는
말 등에 올라타서 달리고 달리다가
바람결에 미끄러졌다고
주르르르르르르르르~.

쓰르라미는
불러도 불러도 대답 없는 님 때문에

속이 쓰리고 아프다고
쓰르람 쓰르람 쓰르람~.

털매미는
아무리 불러도 오지 않는 그대가
참으로 치사하고 졸렬하다고
찌찌찌찌찌찌이이이~.

저마다의 소리로
사랑의 세레나데를 불러 짝을 찾아
종족번식의 사명을 완수하고
짧은 생을 마감하는 매미에게
노래는 생명을 이어주는 소리다.

우리도 노래에
생명의 혼을 담아 불러보자.

밤에 노래하는 매미

하루의 피곤함에
모두가 잠들어가는 야심한 밤에
밤을 깨우듯
노래하는 매미가 있다.

매일 쏟아지는 비에
노래할 시간을 잃어버렸다가
비가 그치고 개이니 밤이라도
그냥 보낼 수 없어
아쉬움을 노래한다.

밝은 낮에는
방학 숙제한다고
채를 들고 뛰어다니는
아이들을 피해
한적한 밤에 노래한다.

태양은 너무 뜨거워
휘영청 밝은 달빛을 바라보며
반짝이는 별들과 함께
가슴을 열어 온몸으로
사랑의 세레나데를 부른다.

밤에 들려오는
매미의 노랫소리에
나도 마음을 열고
저 하늘 달빛의 세계로
저 높은 별빛의 세계로
아련한 꿈속나라로
여행을 떠난다.

매미들의 합창

비를 타고 왔나.
바람 타고 왔나.
굵은 빗줄기 그치고
돌아치던 태풍이 물러가니
여기저기서 매미들이 합창한다.

매앰 매앰 매앰 매앰.
지난 세월 스쳐 지나간
친구들이 보고 싶은지
애타게 부르는 그리움의 노래다.

맴맴맴맴맴맴 매애앰.
어수선한 세상 돌아가는 소식에
몹시도 어지러운지
세상이 빙빙 돈다고 호소하는 노래다.

쓰르람 쓰르람.

삐걱거리는 세상살이에
속은 쓰리고 아프지만
모두 힘을 합쳐 스르르 달려가자고
불러 모으는 노래다.

찌르르르르르.
세상살이 힘들다고 절망하지 마세요.
가시처럼 찔러대면 아프고 괴로워요.
비판, 비난 자제하고 관용으로 품어줘요.
모두를 아우르는 사랑의 노래다.

매미들의 합창소리 들으며
조용히 기도한다.
주여, 이 땅에 평안을 주소서.

소나기 1

맑은 하늘에서 하얀 햇볕이
여전히 쏟아지는데
어디선가 갑자기 검은 구름이
하늘을 막아선다.

우르릉 꽝!
호령소리 우렁차더니,
후두둑!
이내 검은 물줄기 쏟아진다.

후다닥!
소나기가 무서운 사람들,
숨을 곳을 찾아 뜀박질한다.

어, 시원해!
더위에 지친 사람들,
함박웃음으로 맞아준다.

후련하네!
마음이 답답한 사람들,
가슴 열고 응어리 쏟아낸다.

기분 좋다!
땀 흘려 김매던 농부들,
땀방울 함께 씻어낸다.

이런 사람 저런 사람,
소나기 한줄기에도
잠시 쉼을 얻고
새 힘을 얻고
열려진 가슴으로
기쁘게 달려간다.

소나기 2

슬픈 자들에게 주는
위로의 눈물.

무더위에 지친 자들에게 주는
시원한 빙수.

갈급한 자들에게 주는
생명의 강수(降水).

기다리는 자들에게 주는
반가움의 폭포수.

바쁜 자들에게 주는
쉼의 우물물.

무더운 여름날
누구든지 기다리고

모두가 반가워하는

소나기.

비 맞는 심사(心思)

토도독 토도독 투두둑 투두둑,
한밤중 노크 소리에
깜짝 놀라 잠이 깼다.
목마르게 기다리던
비님이 찾아왔구나.
반가운 마음에 달려나갔더니,
아이쿠!
이건 보통 비님이 아니구나.
쏟아지는 빗줄기에 이미
넓은 호수가 되어 흘러넘친다.

언제는 그렇게 애태우더니
오늘은 이렇게도 쏟아붓는구나.
얄궂기도 하여라.
비옷으로 갈아입고
작은 연장 하나 들고
막힌 물꼬 틀어주고

걸린 쓰레기들 치워주니
주르륵 거친 강물이 된다.

이번엔 또
어디서 물난리 소식이 터지려나.
반가움이 이내 탄식이 된다.

비 한 방울에도
오락가락하는 인간의 심사다.

비 오는 날

비 뿌리는 여름날,
후텁지근한 날씨에
등줄기에도 빗물이 흐른다.
온통 습한 기운으로
기분마저 오그라들고
어디로 움직이기도 거북하다.

휘날리는 빗줄기 속에서도
삶을 위한 몸부림은
모든 생명들에게 동일하다.

가지 위에 둥지 튼 작은 어미 새
온몸으로 굵은 빗줄기를 받아내며
갓 태어난 아기새 지켜내는
사랑의 모습이 애처롭다.

이제 막 예쁜 모습 자랑하려

피어나던 작은 들꽃 한 송이,
예쁜 얼굴 때리는 강한 빗줄기
이겨내지 못해 머리 숙여 눈물 쏟아내니
그 모습이 가엾다.

너무 좋은 날씨라고
노래 쏟아내던 매미,
쏟아지는 빗줄기 감당할 길 없어
큰 눈만 굴릴 뿐 말이 없다.

앞에 가는 젊은 연인들,
흩날리는 빗줄기에 온몸이 젖어도
그래도 좋다고 우산 속 어깨동무.
웃고 떠들며 희희낙락이다.

그래도 이 땅에 필요한 비.
이 땅에 사는 생명들은
비로 인해 일희일비한다.

장마 속의 기도

하늘이 저리도 운다.
잃어버려진 영혼들이 방황하고
닫힌 마음들에 미움이 가득하며
상한 심령들에 분노가 넘치고
병든 육체들이 쓰러지고 있으니
회복할 수 없는 이 땅으로 인해
하늘의 눈물이 비가 되어 쏟아진다.

미움의 눈물이 천지를 뒤덮고
방황의 눈물이 길을 잃고
집집마다 쏟아져 침수되고
상처의 눈물이 사람을 휩쓸어가며
분노의 눈물이 산을 깎아내리니
여기저기 아우성이 천지를 울린다.

오, 하늘이여!
이제 그만 슬퍼하소서.

온갖 고통에 부르짖는 소리 들으시고
잃어버려진 영혼들을 붙잡아 주소서.
온갖 상처와 아픔에서 회복시켜 주소서.

슬픔의 눈물이 고마움의 비가 되게 하시고
상처의 눈물이 기쁨의 비가 되게 하시며
분노의 눈물이 사랑의 비가 되게 하소서.

닫힌 마음을 열고 서로를 감싸 안게 하시고
깨끗해진 세상을 향해 달려가게 하소서.

3
장

가을의 노래

가을 1

가을이 찾아왔다.
선들바람 데리고 찾아와
뭇 남자들의 가슴을 설레게 한다.

가을이 곁에 왔다.
빨간색, 노란색, 주홍색
예쁜 옷 입고 서서
마음 약한 남자들을 유혹한다.
가을은 남자들의 계절이라며.

설레인 남자들
가을의 미소 따라
산으로 들로 나섰다.

따뜻한 가을 햇살에
마음 녹이고
서늘한 가을바람에

희망 실어 보내고
멋지게 꽃단장한 산하에
지친 심신 뉘어본다.

아스라이 행복 찾아왔나니
조용히 희망노래 부른다.

가을 2

가을은
그 깨끗함을
청명한 하늘에 품었다.
모든 욕심 버리고
맑게 살아가라고.

가을은
그 아름다움을
예쁜 단풍으로 보여 준다.
추하고 더러운 탐욕 버리고
멋지게 살아가라고.

가을은
그 풍요로움을
풍성한 열매로 드러낸다.
혼자 누리겠다는 욕망 버리고
베풀며 살아가라고.

가을은
그 사랑스러움을
온몸으로 나타낸다.
높아지겠다는 교만 내려놓고
낮아져서 섬기며 살아가라고.

가을 산하(山河)

넓은 들판에 황금 벼 찰랑거리고
집집마다 붉은 홍시 미소 짓고
아름드리 밤나무가 알밤을 쏟아낸다.

곱게 물든 단풍은 살랑살랑 춤을 추고
맑은 샘 계곡물은 시원함을 안겨주고
고운 하늘 흰 구름은 희망을 실어나른다.

길가에 코스모스 하늘하늘 노래하고
늘어선 갈대는 한들한들 화음 넣고
맴도는 고추잠자리 박자 맞춰 지휘한다.

가을의 산하는 이리도 풍성한데
바라보는 마음은 어이하여 허전함 뿐인가.
가을 산하의 넘치는 풍성함을 함께 누려 보거라.

가을의 산하는 이리도 아름다운데

거니는 마음은 왜 이리 외로움뿐인가.
가을 산하의 곱디고운 아름다움을 함께 하여 보거라.

가을의 산하는 멋지게 화합하는데
인간의 마음은 왜 이리 갈라져 있는가.
가을 산하의 멋진 화합을 함께 누려 보거라.

낙엽

파르르,
가지 끝자락에 나뭇잎이
떨고 있다.
여름내 뜨거운 햇볕에
바알갛게 익어버린 나뭇잎이
급하게 찾아온 찬바람에 웅크리며
떨고 있다.

살랑살랑,
나뭇잎이 여기저기
내려앉는다.
찬바람을 마주치기가 너무 힘들어
낙엽이 되어 흩날리며
내려앉는다.

스르르르르,
이리저리 낙엽들이

뒹군다.
높은 곳 찬바람이 싫어 내려앉았지만
낮은 곳까지 찾아온 찬바람의 심술에
이리저리 흩어지며
뒹군다.

사라락사라락,
뒹굴어 흩어지는 낙엽들이
서로를 부른다.
형님아, 아우야!
우리 서로 헤어지지 말자,
함께 뭉쳐 추위를 이기자.
서로를 부른다.

안타까운 마음에 커다란 빗자루로
한곳에 모아주지만
심술궂은 찬바람은

다시 흩어버린다.

나는 그저 멍하니
저만치 달려가는 낙엽들을
바라보고 있다.

가을 풍경

해맑은 날씨,
높고 푸른 하늘,
두둥실 흰 구름,
빛나는 햇살.

화알짝 핀 국화,
한들한들 코스모스,
춤추는 고추잠자리,
울긋불긋 단풍.

스산한 바람에
옷 여미는 사람들.

쌀쌀한 날씨에
쓸쓸해 하는 여인들.

추억에 젖어 드는
가을 풍경.

바람과 단풍

북쪽나라 바람이
그곳은 너무 춥고 외롭다고
남쪽나라 단풍을 찾아왔다.
친구하자고.
사랑한다고.

갑작스런 사랑고백에
단풍잎의 볼이
바알갛게 물이 들었다.

살랑살랑,
그런 단풍잎이 너무 귀여워
바람은 자꾸 흔들어주었다.

그럴수록 단풍잎은
너무 부끄럽다고
온통 얼굴이 바알개졌다.

너무너무 예쁘다고
단풍 곁을 떠나지 못하고
바람은 머물러 있다.

아이 몰라,
사랑에 겨운 단풍잎이
엄마 품에 내려앉았다.

휘이잉,
너무 좋아서 바람은
단풍잎을 안고
어디론가 날아가 버렸다.

단풍

먼 산 단풍이
울긋불긋 옷을 갈아입는다.
아름다운 계절이 왔다고,
우리들 세상이 되었다고
으스대면서.

내 옷이 더 멋지지.
아니야, 내 옷은 더 진하지.
서로가 뽐내면서.

먼 산 단풍이
놀러 오라 손짓한다.
이런저런 세상사
바쁘게 돌아치다
흠칫 놀라 돌아보니
집 앞까지 찾아온 단풍이
곱게 인사를 한다.

왜 구경 오지 않느냐고.

집 앞 단풍이
흥에 겨워 춤을 춘다.
빨강 친구,
주홍 동무,
노랑 친구
모두모두 아름답다고.

여기저기 급한 일
바쁘게 돌아치다
놀아주지 못했더니
어느새 홀로 남은 단풍잎
너무 쓸쓸하다고 눈물짓는다.

단풍 낙엽

올해도 어김없이
단풍 낙엽이 찾아왔다.
바람 따라 뒹구는 낙엽은
가지 끝에서 못다 춘 춤을 춘다.
온통 세상이 춤판이다.

한 잎 두 잎 혼자 춤을 추다가
이내 한 무리가 된다.
이 무대에서 저 무대로
엉키었다가 흩어졌다가
가쁜 숨을 몰아쉰다.

춤추는 단풍 낙엽을 바라보며
지친 삶에 쉼을 얻는다.
슬픈 마음에 위로를 얻는다.
처녀 총각 가슴에 희망이 싹튼다.
앳된 소녀의 눈망울이 반짝인다.

늙수그레한 저 노인은
겸손히 서서 인생을 생각한다.

한 잎 낙엽도
마지막 가는 길에
기쁨을 주고 가거든
내 인생 가는 길에
무엇을 주고 갈까,
무엇을 남기고 갈까.

가을을 보내며

우렁차던 매미 소리도
어느덧 사라진 지 오래고
하늘엔 고추잠자리 맴돈다.

아침마다 서늘한 바람이
찾아와 인사를 하고
뜨겁던 햇살도 수줍음을 탄다.

높은 산꼭대기에 머물더니
산허리를 감돌아 마을 어귀까지
단풍 손님이 달려와 웃음 짓는다.

길가에 흐드러진 코스모스는
오가는 길손들을 반기며
환한 미소로 노래한다.

푸르고 높은 하늘 바다엔

하얀 뭉게구름이 헤엄치고,
무리지은 철새들이
희망의 나라로 달려간다.

논에는 누런 벼들이 추수를 기다리고
길가 감나무엔 노오란 감들이
주인을 기다린다.

계절은 어김없이 찾아와
만물들을 바꿔주고 있는데
나는 홀로 앉아 먼 산을 바라보며
아쉬움을 달래고 있다.

내 인생의 또 한 번의 가을이
저만치 달려가고 있구나.

가을 들꽃

따가운 가을 햇살에
가을 들꽃이 화들짝 피었다.

오고가는 사람들에게
기쁨을 주려고
환한 웃음꽃을 듬뿍 머금었다.

찰싹 팔짱끼고 데이트하는
연인들을 위해
예쁜 사랑꽃을 활짝 피웠다.

오순도순 손잡고 시장길 가는
모녀를 위해
재미있는 이야기꽃을 멋지게 피웠다.

하나 둘 하나 둘
건강하려 산책하는 사람을 위해

상큼한 향기를 살그머니 피워준다.

가을 하늘 수놓은 잠자리들도
잠시 머물렀다가 쉼을 얻고
다시 힘차게 날아오른다.

가을 들꽃은 그렇게
모두에게 즐거움을 안겨준다.

4
장

겨울의 노래

겨울

푸르고 푸르던 산자락이
하얗게 눈자락이 되었다.

맑고 푸르던 물길이
하얗게 얼어붙어 얼음길이 되었다.

꽁꽁꽁,
북극 차가운 공기에
바람도 얼었다.
산하도 얼었다.
우리들 마음마저 얼어붙었다.

얼어붙은 주변,
차갑게 굳어버린 마음들,
강팍해진 이 사회,
어떻게 언제나 녹여낼지
안타까움에 두 손 모은다.

주여!

이 땅에 따뜻한 봄을 주소서.

굳어버린 마음들을 녹여낼

뜨거운 봄을 주소서.

아귀다툼을 씻어낼

부드러운 봄을 주소서.

첫눈 내리는 날

첫눈이 소복소복
추억을 가지고 찾아와
차곡차곡 쌓인다.
켜켜이 쌓였던 추억을 더듬어 본다.

첫눈 내리는 날.
어린 동무들이 함께 모여
강아지처럼 폴짝폴짝 뛰면서
눈밭에 나뒹굴고
눈 뭉쳐 던지고
눈사람 만든다고
손을 호호 불었지.

첫눈 내리는 날.
어느 해보다 일찍 내렸어.
감사절 주일이었으니까
함께 모여 오락을 즐기다가

뛰쳐나가 눈 맞이를 했지.
첫눈이 오는데
어찌 참을 수가 있어야지.

첫눈 내리는 날.
잠바 깃 추켜세우고
홀로 쓸쓸히 거닐었어.
아이들의 떠드는 소리
어린 시절을 떠올리지만
나는 더욱 외로웠어.
서른 살 노총각 신세니까.

첫눈 내리는 날.
와! 눈이다!
함성을 질러도
마음은 굴뚝같아도
조용히 창문 밖을 내다보며

감상에만 젖는다.

첫눈 내리는 날.
첫눈치고 많이 오네.
마음은 밝아지지만
눈 치울 걱정에
몸은 무거워진다.

세월은 무상하구나.

고드름

눈 내려 하얀 지붕
따뜻한 햇볕 반겨하더니
시샘하는 찬바람에
감기 걸렸나.

눈물이 줄줄.
콧물이 줄줄.
흘러 흘러내리다
얼어붙었다.

눈 오는 날

나풀나풀,
흰 나비 날듯이
하늘에서 하이얀 눈이 날아온다.
내가 사는 이 세상이 궁금하다고
머나먼 길을 단숨에 날아왔다.

스르륵스르륵,
낙엽 떨어진 빈 나뭇가지에도
참새와 까치가 놀던 지붕 위에도
재잘재잘 아이들 뛰놀던 놀이터 모래 위에도
행여 몸 젖을까 펼쳐든 우산 위에도
하이얀 눈이 내려앉는다.

보드득보드득,
하이얀 눈이 소복이 쌓여간다.
인적 드문 공원 오솔길에도
쓰레기 널브러져 있고 오가는 사람 많은 길에도

지친 생명 잠시 쉬어가던 잔디 위에도
하얗게 하얗게 눈이 쌓인다.

눈 덮인 하얀 세상은 아름다운 세상이다.
죄로 얼룩진 영혼도 하얗게 변하고
세상살이에 지친 심령도 하얗게 쉼을 얻고
슬픔으로 상처 난 마음도 하얀 기쁨으로 넘치고
온갖 쓰레기로 더럽혀진 세상도
하얀 아름다움으로 새 세상이 되었다.

내 마음도 하얀 마음,
아름다운 새 마음이 되어
기쁜 웃음 가득 머금고
하얗게 단장한 아름다운 세상을 향해
눈이 날아온 하얀 세상을 향해
희망의 나래를 힘껏 펼치고 날아오른다.

겨울바람

겨울바람은 너무 차가워서 싫다.
사람들을 모두 차갑게 만든다.
맞부딪칠수록 차디찬 냉대만 있다.
서로를 등지게 만들고
멀어지게 만든다.

겨울바람은 너무 추워서 싫다.
사람들을 모두 웅크린다.
길을 가도 웅크리게 만들고
서민들을 집안에서도 웅크리게 한다.
마음까지도 웅크리고 열지 않는다.

겨울바람은 모두를 얼게 해서 싫다.
세상의 모든 것을 얼게 한다.
산천초목도 얼게 하고
예쁘게 내린 눈도 얼게 해서
길가는 사람들을 괴롭힌다.

사람들의 마음까지도 얼게 해서
서로를 냉랭하게 만든다.

그래도 겨울바람이 없으면
겨울의 즐거움도 없으리니
기쁘고 즐거운 일을 찾아서
참고 견디며 이겨내야지.

그래도 겨울의 추위가 없으면
봄의 따뜻함도 알지 못하리니
따뜻하고 행복한 소망을 품고
참고 견디며 이겨내야지.

너무도 추운 겨울바람에도
봄의 희망을 가득 품고
가슴을 열고 노래하며
활개를 치며 날아가야지.

눈 오는 밤

한밤중 검은 하늘에서
새하얀 눈이 내린다.

소리도 없이 가볍게 내려앉아
순식간에 새하얀 세계로 만든다.
백야는 북극에만 있는 게 아니었다.

세상의 온갖 시커먼 것들로
가득했던 내 마음에도
하이얀 눈으로 가득 채워졌다.

근심, 걱정, 슬픔, 고통으로
어두웠던 마음들아,
하얀 눈을 담아 환해지거라.

미움, 다툼, 시기, 질투로
오염되었던 마음들아,

하얀 눈을 담아 깨끗해지거라.

원망, 불평, 짜증, 분노로
분열된 마음들아,
하얀 눈으로 뭉쳐 하나가 되거라.

아직도 눈은 내리고 있다.
이 밤을 지새워서라도
온 세상을 바꾸고 싶은가 보다.

춥다

너무나 춥다.
지구 온난화로
더워진다면서도
겨울은 더 춥다.
북극 얼음 녹은 찬 기운이
북반구를 덮었기 때문이란다.

집이 더 춥다.
두 겹 세 겹 껴입어도
사방에서 찬바람이 숭숭,
어려워진 경제사정에
한 푼이라도 아껴야지.
보일러 피우기가 겁이 난다.

마음이 더 춥다.
행복한 성탄절,
따뜻한 연말연시를 기대하지만

주변을 둘러보아도
온통 힘들어하는 사람들뿐이라
마음이 얼어붙었다.

온 나라가 춥다.
지역갈등 세대갈등
이념갈등 남북갈등
여야갈등 노사갈등
온통 어려운 갈등뿐이라
언제나 화합하는
따뜻한 나라가 될까.

온통 춥다.
언제 모두에게
따뜻한 봄이 올까!

눈꽃

밤사이
눈과 바람과
추위가 어우러져
눈꽃을 피웠다.

벌거벗은 나무가
너무 안쓰럽다고
예쁜 눈꽃으로
옷을 입혀주었다.

잿빛 산하가
너무 보기 싫다고
하얀 눈꽃으로
새 세상을 만들었다.

사람들의 마음이
너무 얼어붙었다고

환한 눈꽃으로
밝혀 주었다.

하루를 시작하는 사람들을
밝게 해 주려고
멋진 눈꽃으로
미소짓게 한다.

예쁘고 하이얀
환하고 멋진
눈꽃과 함께
예쁘고 멋진 인생,
밝고 환한 세상
만들어가야지.

나목(裸木)

봄에는 새 옷으로 갈아입고
여름 내내 시원한 옷을 입다가
가을에는 예쁘고 따뜻한 옷을 입더니
추운 겨울이 되니 어찌 옷을 벗어던졌나.
그리고는 어찌 그리 떨고 서 있는가.
어찌 그리 찬바람에 울음소리 머금는가.

어수선한 삶이 너무도 힘들기 때문인가.
쉼 없이 방황하는 영혼의 모습인가.
어지러운 세상을 향한 하늘의 울음인가.
생명을 향한 간절한 호소인가.

세찬 바람에 울음소리 머금은
가지, 꺾여 내린다.
아픔에 겨운 나무,
더욱 세찬 울음 토해낸다.

너는 어찌 나무가 되어
한 자리에 꿋꿋이 선 채로
풍우한설(風雨寒雪) 홀로 겪으며
벅찬 울음 쏟아내는가.

동강 난 이 땅을 지키려 함인가.
산산이 흩어진 마음들을 모으려 함인가.
미움, 다툼, 시기, 질투에 찌든 심령들을
아우르려 함인가.

나목의 울음소리 홀로 들으며
아픈 가슴 부여안고
하늘을 향해 부르짖는다.
'속히 이 땅에 봄이 오게 하소서.'

겨울에도 꽃은 피어난다

차갑디차가운 바람 쌩쌩 부는
겨울에도 꽃은 피어난다.

하이얀 눈이 한 아름 내린 날에는
가지가지마다 눈꽃이 소복이 피어난다.

찬바람에 기온이 떨어지면
투명한 유리창에 성에 꽃이 피어난다.

기온이 뚝뚝 급강하하니
물줄기 뚝뚝 떨어지던 폭포에 얼음꽃이 피었다.

추위에 떨며 고생하는 사람들에게
쌀 포대가 주어지고 연탄이 배달되니
서민들의 얼굴에 웃음꽃이 피어난다.

추우면 추울수록 꽁꽁 얼어붙으면 얼어붙을수록

서로를 이해하고 따뜻이 품어주니
우리들의 가슴에 사랑 꽃이 피어난다.

혹독한 추위 속에 얼어붙은 수평선 위로
새해의 태양이 불끈 솟아오르니
모두의 마음에 희망 꽃이 활짝 피어난다.

너무 춥다고 모두 얼어붙은 한겨울에
피어나는 꽃은 더 아름답다.

5장

자연의 노래

아침 찬양

아침마다 창문밖에
찬양이 울려 퍼진다.
참새도 찾아오고 까치도 찾아오고
이름 모를 새도 찾아와 찬양한다.

짹짹짹,
좋은 아침이 밝았어요.
까악까악까악,
행복한 날이 시작되었어요.
주주주,
오늘도 기쁘고 즐겁게 노래해요.
아름다운 소리로 찬양한다.

내 영혼이 찬양하네.
누었던 자리에서 벌떡 일어나
마음을 열어젖히고
나도 함께 찬양한다.

피곤하던 마음이 상쾌해지고
지쳐있던 몸에 생기가 솟는다.
떠돌던 생각이 정리가 되고
굳었던 입가에 미소가 번진다.

새들의 아침찬양과 함께
오늘도 밝은 하루가 시작된다.

보름달

팔월 한가위 추석날 밤,
휘영청 보름달이 두둥실 떴다.
그리도 멀게만 느껴지던 달이
오늘은 너무나 가깝게 느껴진다.

어릴 적 보름달은
가난한 소년에게 주어진
한껏 부푼 희망이었다.
높은 산 너머 은하수를 건너
넓은 하늘에 펼쳐진 꿈이었다.
슬픔 가득 품은 가슴에
위로 주는 친구였다.

어느덧 흐른 세월에
흰머리 희끗희끗 솟아나고
손자 보는 재미에 빠진 오늘
다시 보는 보름달은

훌쩍 지나간 세월 더듬어보는
그리움을 품었구나.

때로는 웃음 가득 짓고
때로는 슬픈 울음을 품고
때로는 높은 희망 간직한 채
여전히 우리 곁을 지켜주는 보름달.

네가 있어 마음이 밝아지고
너로 인해 해맑은 웃음 웃고
너와 함께 인생길을 갈 수 있으니
오늘도 너를 바라보며
행복의 노래를 부르노라.

들꽃

길가에 피어있는 작은 들꽃,
오가는 사람들에게
홀로 피어 웃음 짓고 있다.

홀로 있어 외로운가.
오매불망 누굴 기다리시나.
한껏 목을 길게 빼고
짧은 옷깃 흔들거리며
춤을 추고 있다.

고운 얼굴 예쁘게 단장하고
예쁜 향기 사방으로 퍼뜨리며
가녀린 손짓으로
노래하고 있다.

가을이면,
산들바람 들판에 오곡백과 익고
가지각색 단풍잎 온천지에 수놓아
멋지게 채색하는 아름다움을 노래하자.

개구리의 노래

개골 개골 개골,
초여름 밤 시원한 바람과 함께
개구리가 노래한다.

더워지는 날씨에 시원함을 얻으라고
노래한다.

개골 개골 개골,
농부가 땀흘려 모내기를 끝낸 논에서
합창한다.

모야 모야 잘 자라거라,
우리의 노래 듣고 잘 자라거라,
충실하고 풍성한 열매를 맺어
모든 이들에게 기쁨을 주어라
합창한다.

개골 개골 개골,
늙은 개구리, 젊은 개구리, 아이 개구리가
아름다운 하모니를 이룬다.

땀 흘려 모내기한 농부도
손에 손잡고 지나가는 사람도
어스름한 달빛에 데이트하는 연인도
개구리의 아름다운 하모니에
기쁨이 솟는다.
행복이 솟는다.

맹꽁이

네가 맹하면
나는 꽁하지.

내가 맹하면
너는 꽁하지.

저쪽에서 맹하니
이쪽에서 꽁하지.

이쪽에서 맹하니
저쪽에서 꽁하지.

맹하고 꽁하다는 맹꽁이는
어찌 저리도 간단하게
소통을 잘 하는가.

맹꽁이는 소통을 하는데

소통이 안 되는 인간 세상,
오늘도 아귀다툼뿐이다.

맹꽁이보다 못한 인간 세상,
맹꽁이 세상에 가야 하는가.

댐 앞에서

기나긴 장마에 강물이 차올랐다.
넘치는 물을 감당할 수 없어
댐이 입을 열고 강물을 토해낸다.

쏟아진 강물이 힘이 넘친다.
바닥을 파헤쳐 흙을 쏟아내고
돌을 굴려내며 바위를 움직인다.

부드러운 물이라도
저리도 힘이 넘치는데
너는 어이해 힘을 잃고 있는가.

갇힌 영혼이여,
불신의 문을 열고 세상을 향해 뛰쳐나가라.
넘치는 믿음의 힘을 마음껏 펼쳐라.
닫힌 입을 열어 승리의 노래를 외쳐 불러라.

굳어진 마음들을 파헤치고

걸리는 돌들을 걷어내며

우뚝 선 바위라도 멀리 굴려내어

병든 영혼, 상처 난 심령들을 뒤엎어서

깨끗하고 아름다운 세상으로 새롭게 하여라.

비

비가 찾아왔다.
소록소록 내리는 이슬비란다.
누굴 찾아왔을까.
뜨거운 햇살에 목말라 하는
예쁜 꽃을 찾아왔단다.

비가 내려왔다.
주룩주룩 내리는 장대비란다.
누구 때문에 왔을까.
풍성한 수확 꿈꾸며 모내기하는
농부 때문에 왔단다.

비가 달려왔다.
계속해서 쏟아붓는 장맛비란다.
무엇 때문에 왔을까.
계곡 찾아 강을 찾아 피서를 계획하는
도시 사람들 때문에 왔단다.

비가 내게 말한다.
너는 무엇 때문에 사느냐.
너는 누굴 위해 일하느냐.
너는 어떤 사람이 되려느냐.

그래,
필요한 사람들에게
필요해서 내리는 비처럼
이 세상 누구에게나
필요한 사람이 되어야지.

나무처럼

따가운 햇볕에
땀을 뻘뻘 흘리면서도
불평 한마디 없이
햇볕을 도움 삼아
푸르르게 펴져가는
나무처럼 살아야지.

세찬 비바람에
눈물 뚝뚝 흘리면서도
원망하지 않으면서
비바람을 친구삼아
힘차게 뻗어가는
나무처럼 살아야지.

차가운 눈보라에
모진 회오리 휘몰아쳐서
가지 꺾여내려도

절망은 없노라.
의연하게 자리를 지키는
나무처럼 살아야지.

아이들이 상처 주고
어른들의 막무가내 톱질에
가지 잘려 나가도
화도 내지 않으면서
꿋꿋하게 서있는
나무처럼 살아야지.

날아가던 새들이 쉼을 얻고
돌아치는 풀벌레들 노래를 하며
시원한 그늘 만들어 행복을 주고
푸른 숲 이루어 건강을 주는
나무처럼 살아야지.

민들레

있는 듯 없는 듯
언제나 가장 낮은 자리에서
자신의 삶에
최선을 다하는
민들레.

핀 듯 만 듯
우아한 꽃들 속에서
드러나지 않아도
방긋
웃음꽃을 피워주는
민들레.

산 듯 죽은 듯
이리 밟히고 저리 찢겨도
불평 한마디 없이
꿋꿋하게 생명을 이어가는

민들레.

쉽게 좌절하고
쉽게 포기하는
인생들에게
강하여라,
꿋꿋하게 살아라,
웃어주는
민들레.

반달

아! 반달이네
무심코 쳐다본 밤하늘에
반달이 두둥실 떠 있다.
반쪽이 더 외로워진다.

달아난 반쪽에 외로움 달래려 함일까?
구름 한쪽 곁에 달았다.
그 곁에 별들도 함께 간다.
그래도 너무 외롭진 않겠구나.

나머지 반쪽을 찾아
구름 동무 별 친구 함께
밤새도록 달려가겠지.

갑자기 몰려온 시커먼 그림자
반쪽마저 가려버린다.
캄캄해진 길이라도

별 친구 구름 동무 함께 있으니
길을 잃지는 않을 거야.

내 남은 인생길도
내 남은 반쪽과 함께
그리고 별 친구 구름 동무와 함께
노래하며 가야지.

6
장

세월의 노래

고향

내 어린 추억이
살그머니 내려앉은 고향.

어린 동무들 함께
재잘재잘 뛰어놀던 고향.

슬픔일랑 묻어두고
아픔일랑 멀리 떠나보내고
좋은 것들로만 가득 채워서
영원히 함께하고픈 고향.

그때 쳐다보던
휘영청 밝은 달은
오늘도 저리
내 곁에 있는데

그 때 뛰어 놀던

어린 동무들 간데없으니
아련한 그리움으로만 남아 있는
내
마음의 고향.

세월아

세월은 덧없이 흘러간다.
누가 부르지 않아도 흘러왔다가
누가 가라 하지 않아도 흘러간다.

세월이 빠르게 달려간다.
누가 앞서가지 않아도 더 빨리 달려간다.
누가 뒤쫓지 않아도 아주 빨리 달려간다.

오는 세월 반갑게 희망을 바랐는데
가는 세월 돌이켜보니 허망함 뿐이라.
반길 수도 막을 수도 없으니
그저 속절없이 바라볼 뿐이다.

그 세월 속에 내가 있고 네가 있고 우리가 있다.
나의 아픔이 있고 너의 슬픔이 있고
우리의 기쁨이 담겨있다.
흘러가는 세월에 아픔을 흘려보내고

달려가는 세월에 슬픔을 실어 보낸다.
그럼에도 아직도 빈 가슴에 남아 있는
아픔은 무엇이며 슬픔은 뉘 것이냐.

세월아,
다음에 오거들랑 행복 가득 싣고 오려무나.

세월아,
다음에 가거들랑 아픔 슬픔 모두 갖고 가려무나.

나도 너도 우리 모두
반갑게 맞이하고 기쁘게 보내도록.

세월에 갇힌 세상

세월이 빠르다고 잡을 수도 없다고
흘러가는 물같이 돌이킬 수도 없다고
그래서인지 내 인생의 세월도
어느덧 70년이 훌쩍 넘어섰다.

그러나 아직도
세월에 갇히고 세월에 묶여서
도대체 전진하지 못하는
사람들이 있다.

서로를 질타하고
서로를 공격하고
서로를 잡고 늘어진다.

잡혀있는 세월은
이토록 모두를
힘들게 하는구나.

언제쯤 놓아주어
서로를 이해하고
서로를 품어주며
그때를 이야기할
세월이 오려는가.

흘러가는 세월

그제는 활짝,
꽃 한 송이 피워놓고
인사도 없이 가버렸다.

어제는 주르륵,
장대비 쏟아놓고
슬그머니 가버렸다.

오늘은 두둥실,
흰 구름 돛단배 띄워놓고
무심하게 지나간다.

내일은 우수수,
단풍낙엽 뿌려놓고
황망하게 도망치겠지.

아,

막을 수도 잡을 수도 없는

하 수상(殊想)한 세월이

어느덧 또 그렇게

흘러가고 있다.

세월이라는 길에서

파르르,

마지막 잎새들이 떨고 있다.

추적추적 쏟아지는

추위를 재촉하는 비를 맞으며

두려움에 떨고 있다.

그토록 푸르름을 자랑하던 잎새들도

무심하게 쌓여가는

세월의 무게는 견딜 수 없다.

스르르 무너져 내리며

끄억끄억 소리 지를 뿐이다.

주춤주춤,

세월 짊어진 발걸음이 점점 느려진다.

한 손에는 지팡이를

또 한 손에는 우산을 들고

걸음걸음 걸리적거리는

낙엽 한 잎도
힘에 겨운 모양새다.

한때는 파릇파릇 젊음을 자랑하며
날아다니던 세월이 언제던가!
추억을 곱씹으며
더 길어진 세월을 언제 다 가려나.
재촉하는 걸음걸이가
더욱더 안쓰럽다.

아,
나도 가야 할 그 길인데
이리도 태평하구나.

세월 따라 가는 것들

세월이 간다.
인사도 없이
한마디 말도 없이.

세월 따라 흘러가는가.
하늘의 저 구름은
말이 없다.

세월을 쫓아가는가.
머리카락 점점 세어져 가고
얼굴 점점 쪼그라진다.
허리 계속 휘어져 간다.
걸음걸이 비척거린다.

뱃살은 마냥 늘어만 가는데
몸은 말을 듣지 않는다.
청춘은 어느덧 세월 따라

가 버린 지 오래다.

가는 세월 붙잡지 못해서인가.
그 너머 세월이 궁금해서인가.
하나둘,
곁을 떠나는 친구 늘어만 간다.

세월이 간다.
뒤도 돌아보지 않고 가 버린다.
가는 세월 따라가는 인생들의
발걸음이 무겁기만 하다.

저만치 앞장서서
세월이 가고 있다.

나의 선생님

세월은 나의 선생님이다.

허송세월하지 말라고
보람 있는 세월 살아가라고
올바른 인간 되어 바르게 살라고
인도해 준 나의 선생님이다.

참고 견디고 이겨내면
좋은 세월이 주어진다고
하루아침에 되는 건 아무것도 없다고
힘쓰고 애써 노력하는 인생 되라고
가르쳐 준 나의 선생님이다.

혼자만 누리겠다는 탐욕 버리고
나누고 베풀고 도우며 살라고
약한 자 소외된 자 돌아보며 살라고
하늘의 뜻 이루며 살라고

깨우쳐 준 나의 선생님이다.

몸 부대끼며 한평생 살아온
세월은 나의 선생님이다.

추석유감

어릴 적 추석에는
집집마다 식구마다 옹기종기 모여앉아
누가누가 잘 만드나 누구 것이 예쁜가 하며
반죽 빚고 고물 넣어 맛나게 송편 쪄서
오물오물 나눠먹는 즐거움이 있었는데
핵가족시대인 오늘날은 그런 행복 없으니
너무나도 아쉽다.

어릴 적 추석에는
맑은 하늘에 두둥실 커다란 보름달 떠올라
달빛 아래 모여 앉아 알콩달콩 이야기 나누는
즐거움이 있었는데
문명화된 오늘은
아파트 숲 빌딩 숲에 둥근달 가리웠으니
너무나도 아쉽다.

어릴 적 추석에는

산에 올라 밤 따오고 길가 나무의 대추 따서
주머니 한 움큼 넣고 아작아작 깨물어 먹는
즐거움이 있었는데
각박해진 오늘은
비싼 값에 사 먹어야만 하니
너무나도 아쉽다.

설날의 추억

세배 왔어요!
어린 시절 설날에는
집집마다 찾아다니며
세배하는 즐거움이 있었다.
떡이며 과일이며 전이며
예쁜 무지개 사탕까지
한 아름 받아서 나눠 먹었다.

누구네는 돈을 준단다
소문이 나면
우르르 몰려갔었지.
누구는 얼마 줬다는데,
왜 나는?
그땐 몰랐었다.
차별이 있었다는 것을.
난 그렇게 항상 차별받았다.
고향 동네가 아니었으니까.

수줍음이 많던 나는
아버지와 친하신 분들 집만
몇 집 다녔기에
주머니는 항상 빈곤했었다.
세뱃돈까지도 가난했던 거야.

그래서 그런가.
어른이 된 지금도
세배 오는 아이들도 없지만
세뱃돈 한 번 폼나게 주지 못한다.
아직도 세뱃돈 가난한가 봐.

어른이 된 설날은 더욱 쓸쓸하다.
아련히 어린 시절 설날을 추억해보며
그리움에 눈물 젖는다.

달력

달랑
어느덧 한 장 남은 달력.
꿋꿋하게 자리를 지키고 있다가
내 할 일 다 했다고
일 년이 다 가고 새날이 왔다고
훌쩍 떠나버리면
새 달력이 자리를 지킨다.

가는 세월과 함께
나날이 간직한 가지가지 사연을 안고
한 장 한 장 사라져간 달력에
아스라한 추억들이 담겨있다.
먼 훗날 다시 불러 모아
도란도란 이야기꽃을 피우겠지.

다달이 반복되는 숫자와 함께
매일 반복되는 일상이지만

그 속에 담긴 희망의 씨앗은
언제쯤 열매를 맺을까.
기대하는 행복의 열매는
언제쯤 기쁨으로 갖게 될까.

달랑
한 장 남은 달력마저 낙엽 되어 떨어질 때
그때는 또다시 찾게 되겠지.
기대감으로 한 장 달력을 지켜본다.

7
장

사랑의 노래

잠옷

'택배 왔어요.'
무엇일까 받아보니
시집간 딸이
엄마 아빠 따뜻하게 자라고
푹신한 잠옷을 보냈다.

얼마나 두툼하고 푹신한지.
예쁜 털이 보송보송한지.
곰돌이 곰순이 되었네.

둘이 서로 입어보고
멋있네, 잘 어울리네,
참 따뜻하네!
입이 귀에 걸렸다.

곰돌이 곰순이 동면을 하듯
포근하게 깊은 잠에 빠졌다.

얼마나 포근한지, 새벽기도 늦어버렸네!

허둥지둥 달려나가 기도했다.
주여!
모두에게 따뜻한 겨울을 주소서.

딸,
사랑하고 고마워.
누구보다 따뜻한 사람 되자꾸나.

그리움

오늘은 왠지 빈 가슴에
그리움이 사무친다.

어렸을 적 따뜻한 봄날,
마을 앞 길게 뻗은 밭두렁에
파릇파릇 돋아난 냉이 캐러 다니던
이름도 기억나지 않는
동무가 그립다.

아빠도 엄마도 다 일 나가시고
휑하니 빈 집에 남아
너는 엄마, 나는 아빠, 우리는 부부
소꿉놀이하던
얼굴도 기억나지 않는
아이가 그립다.

한겨울 차가운 마룻바닥에

옹기종기 모여앉아
나는 회장, 너는 총무
학생회 활동한다고 함께 기도하던
친구가 그립다.

지친 외로움에
행여 창문 밖을 내다보며
손 흔들어줄까.
'오가다 그 집 앞을 지나노라면'
짝사랑하던 그녀가 그립다.

까까머리에 중학생 모자 쓰고
숫기 없이 수줍음에 말도 없는 나를
잘 한다 칭찬해 주시며
교내 찬양대회에 내보내
상을 타게 해 주셨던
선생님이 그립다.

어디서 무엇을 할까?
어떻게 변했을까?
모두다
아버지 되고 어머니 되어
아니,
할아버지 되고 할머니 되어
나처럼 이렇게
그리움 한가득 안고
저 하늘 위를 달릴 거야.

내 마음, 그리움을 찾아
무지개 구름을 타고
하늘 위로 날아오른다.

매일매일,
도란도란 이야기를 친구들과 함께 나누고
저 산 너머 무지갯빛 꿈 찾아 달리며
익어가는 인생의 아름다움을 노래하자.

시(詩)

사뿐사뿐 내려와
아름다운 마음을 드러낸다.

예쁜 웃음 머금고 곁에 와
즐거움을 노래한다.

종종걸음으로 다가와
아기자기 속삭인다.

성큼성큼 달려와
내일을 향해 전진하게 한다.

멋진 날개 펴고 날아와
희망의 세계로 오르게 한다.

시 한 수에
네가 있고 내가 있다.

시 한 수에

인생이 담겨 있다.

인생살이

낙엽 떨어져 휘 뒹구는
늦가을이면
인생살이 고달파
슬픈 눈물이 있단다.

검은 머리 파뿌리 되도록
백년해로하자고
다짐했던 인생살이라도
이때쯤이면 너무 허망하단다.

인생아,
어이하여 너는
아픔을 가지고 왔는가.
저들의 신음소리가 가엾지 않은가.

인생아,
어이하여 너는

작은 산들바람에도 흩날리는
낙엽만을 바라보는가.

아직도 그 자태 고고한
아름다운 단풍을 바라보아라.
흐드러져도 멋진 인생이
거기 있나니.
홀로 남아도 행복한 인생이
거기 있나니.

당신은 1

상한 갈대여, 낙심하지 말아요.
주께서 당신을 붙잡아 주시니.

꺼져가는 등불이여, 절망하지 말아요.
주께서 당신에게 기름 부어 주시니.

약한 지렁이여, 포기하지 말아요.
주께서 당신에게 힘을 주시니.

볼품없는 벌레여, 울지 말아요.
주께서 당신을 사랑하시니.

연한 새순이여, 아름답게 피어요.
주께서 당신에게 생명을 주시니.

상처받은 심령이여, 고통하지 말아요.
주께서 당신을 회복시켜 주시니.

당신은 하나님의 걸작품.
당신은 하나님의 최고의 사랑.
당신은 하나님의 고귀한 자녀.

주님의 은혜로 웃지요.
주님의 사랑으로 살지요.
주님의 능력으로 일하지요.
주님의 보호하심으로
오늘도 평안을 누리지요.

당신은 2

내가 아파할 때, 당신은
나보다 더 아파했지요.

내가 슬퍼할 때, 당신은
나보다 더 많이 울었지요.

내가 실수했을 때, 당신은
빈 가슴 쓸어안고 괴로워했지요.

내가 고통스러워할 때, 당신은
하늘이 무너지는 아픔으로 통곡했지요.

내가 지쳐 힘들어할 때, 당신은
조용히 내 손 잡아 위로해 주었지요.

내가 퍼질러 잠을 잘 때, 당신은
차가운 예배당에서 밤을 지새웠지요.

내가 단에 설 때, 당신은
언제나 아멘으로 화답하였지요.

언제나 내 곁에 있는 당신,
언제나 내 가슴속에 있는 당신,
언제나 나와 함께한 당신,
언제나 내 모든 것인 당신,
당신의 사랑으로 오늘도 행복합니다.

가슴앓이

나의 어머니는
일자무식 배우지 못한 가슴앓이,
객지로만 떠도는 아버지로 인한 가슴앓이,
생떼 같은 어린 자식 앞세운 가슴앓이,
뼈 빠지게 일만 하여
쇠약해진 몸으로 인한 가슴앓이로
평생 고생하며 울음으로 지냈다.

그 아들인 나는
가난의 대물림,
질고의 대물림,
실패와 저주의 대물림의
가슴앓이에 서럽게 울었다.

인생살이 그 무엇에 있는가.
세상만 바라보다 그을린 얼굴,
사람만 의지하다 상처 난 영혼,

세월만 탓하다 구멍 난 가슴,
재물만 얻으려다 꺾여진 삶,
그것이 인생이던가.

오늘은 가난과 질고를 넘어서
심령의 부요를 누리며
실패와 저주를 뛰어넘어
행복의 세계로 달려간다.

진정한 은혜자,
진정한 치유자,
진정한 회복자,
그분을 만났으니.

어머니

모든 것을 다 쏟아주고도
더 주고 싶어 하는
어머니.

허리가 휘어지고
팔다리가 굽어지고
치아가 다 빠지도록 희생하고도
더 희생하고자 힘쓰는
어머니.

자나 깨나 자식들 걱정에
잠 한 번 편히 못 자고
먹을 것 제대로 먹지 못하고도
자식들 편히 재우며
더 먹이고자 애쓰는
어머니.

내 자식 내 새끼, 남에게 뒤질세라
온갖 궂은일, 불평 한마디 하지 않고
사랑으로 감싸 안고 끌어안아
더 사랑하고자 눈물 흘리는
어머니.

머리엔 하이얀 면류관 쓰고
손에는 능력의 지휘봉 잡고
얼굴엔 천사의 웃음을 품고
하늘에서 보내준 꽃마차 타고
영원한 행복의 나라로 오를
당신의 영원한 이름,
어머니.

장례식장에서

나이 많으신 어머니를
천국으로 보내드린 집에서는
울음소리 하나도 들리지 않는다.
도란도란 이야기 소리,
잔잔하고도 희망찬 찬송 소리,
때때로 작은 웃음꽃도 피운다.

건너편 집에는 울음소리 격하다.
영정 사진은 아직도 젊은데
사고를 당하였단다.
몹쓸 병에 걸렸단다.
어린 자식들 맘에 걸려 어찌 가느냐고
늙은 어미 두고 네 어찌 먼저 가느냐고
통곡하는 어머니가 애달프다.

누구나 가는 길 당연히 가야 할 길이건만
누구는 이토록 애달프고

누구는 호상이라 오히려 기뻐하나?
인생살이 되짚어 본다.

내 그 자리에 있을 때
뉘 내게 꽃 한 다발 던져 줄까,
뉘 내게 시 한 수 읊어줄까,
뉘 내게 사모곡을 불러줄까.
바르게 잘 살아야지.
멋지게 잘 죽어야지.

화장장에서

기나긴 차량 행렬, 넘치는 사람 물결,
이어지는 운구 행렬, 지쳐버린 가족들,
쏟아지는 울음소리, 격해지는 통곡 소리.

다시는 못 볼 텐데, 얼굴 한 번 더 봤으면.
뜨거워서 어찌하나, 손이라도 잡아주지.
애달파서 가슴치고 절규하며 혼절한다.

사연도 가지가지, 죽음도 여러 가지.
마지막 가는 길 잘해서 보내야지.
정성껏 모셔주고 애절하게 쓰다듬네.

되돌려 받은 건 앙상한 뼛조각 몇 마디.
행여나 아플까 성심껏 갈아주소.
하얀 보자기에 한 아름 담아서
가슴에 품으니 이리도 따뜻하네.
한 줌 재로 남았네.

가슴이 저려 온다.

재로 남아도 좋으니 좋은 곳에나 가소.
볼 수 없어도 좋으니 행복하기나 하소.
훗날 내 따라가리니 반겨나 맞아주소.

빌고 비는 마음, 간절하고 애절하다.

8
장

일상의 노래

수영장에서

첨버덩첨버덩,
물과 함께 재미있게 노는 소리.

철퍼덕철퍼덕,
잘못 뛰어내려 아파서 신음하는 소리.

고(Go)~!
구령 소리에 맞춰
물개도 자맥질하고
개구리도 뛰어오르며
오리도 뒤뚱뒤뚱 노닐고
인어(人魚)도 물속에서 달린다.

허걱허걱,
있는 힘을 다해
팔을 휘젓고 물을 차보지만
앞으로 나아가기보다

제 자리에 떠 있는 듯
힘이 들고 숨만 차다.
젊은 사람들 따라잡기가 어렵다.
역시 세월은 어쩔 수가 없구나.

그래도 아침마다 수영은
즐거움이다.
오늘도 수영과 함께
건강한 하루가 시작된다.

찐빵

모락모락,
희망이 솟아오른다.
부지런한 손놀림으로
반죽을 빚어내는 손길은
배고픈 자에게 만족을 주고 싶은
희망의 손길이다.

모락모락,
사랑이 솟아오른다.
송알송알 땀방울을 맺혀가며
찐빵을 쪄내는 마음은
사랑하는 자식을
따끈하게 먹이고 싶은
엄마의 사랑이 담겨 있다.

모락모락,
기쁨이 솟아오른다.

웃음 가득한 얼굴로
찐빵을 포장하는 가슴은
가난한 자에게 나눠주고 싶은
따뜻한 마음이 담겨 있다.

모락모락,
은혜가 솟아오른다.
한 입 덥석
베어 먹는 입가에
희망이 솟아난다.
기쁨이 솟아난다.
사랑이 느껴진다.

찐빵 하나에도
풍성한 은혜가 넘친다.

개선장군

평소에 무슨 증상은 없었나요?
운동은 얼마나 하시나요?
담배는요? 술은요?
형사 앞에 취조당하듯
일상적인 질문이 머쓱하다.

이리 재고 저리 찍고
엎어졌다 뒤집혔다
이 방 갔다 저 방 갔다
마실 다니듯 돌아치는
발걸음이 재미없다.

종이컵에 소변을 받아오고
크으~ 냄새도 그럴듯한
큰놈도 받아다 주고
없어서는 안 될 무엇보다 귀중한
혈액까지 뽑아내면

마음이 야릇해지기도 한다.

내시경이란 놈이
내 몸속을 휘저으면
끄억끄억 불순물 토해내듯
소리도 요란한데
눈물, 콧물, 침물까지 요동친다.

내 몸속에 무슨 보물이라도 숨겨졌나.
작은 것 하나도 놓치지 않으려
이리 돌고 저리 달리는 통에
어느덧 파김치가 따로 없다.

'별문제가 없네요.'
그 말 한 마디에
이제서야 화색이 돈다.
'그래도 매년 검사하세요.'

마지막 말엔 별 관심이 없고
문제없다는 말만 되뇌며
의기양양 문을 나선다.

오늘은 내가 개선장군이다.

노래하는 인생에게 사랑이 있나니.
노래하는 인생에게 행복이 있나니.

휴게소

여행에 피곤한 사람들이
잠시 쉬어가며 사랑을 나누는 휴게소.

오랜 시간 운전으로 지친 사람들이
잠시 휴식으로 회복하는 휴게소.

때를 따라 배고픈 사람들이
음식을 먹으며 힘을 얻는 휴게소.

밤을 새워 짐을 나르는 사람들이
잠시 눈을 붙이며 쉬어가는 휴게소.

피곤하고 지치고 힘든 사람들에게
무엇이든 필요를 채워주는 휴게소.

쉬지 않고 달려가는 피곤한 인생길에
쉼을 주고 희망을 주는

휴게소 같은 교회가 되어야지.

힘들어 지쳐있는 인생에게
기쁨과 행복을 주는
휴게소 같은 사역이 되어야지.

삶에 방황하는 사람들에게
위로와 격려를 주는
휴게소 같은 인생이 되어야지.

무엇이든 필요로 하는 사람들에게
풍성하고 넘치게 채워주는
휴게소 같은 삶이 되어야지.

물 한 잔

바쁘게 돌아치다
잠시 가져보는
물 한 잔의 여유.

삶의 갈증에 지쳐서
벌컥벌컥 마셔보는
물 한 잔의 기쁨.

힘쓰고 애써 땀 흘려 일하다
벌컥벌컥 들이키는
물 한 잔의 시원함

서로 사랑으로 나눠보는
물 한 잔의 행복.

한 잔의 물로도
기쁨을 누리고 시원할 수 있다.

한 잔의 물로도
여유를 찾고 행복을 느낄 수 있다.

누가,
나 하나로 인해
시원함을 느낄 수 있을까!

누가,
나 하나로 인해
기쁨을 느끼고
행복함을 가질 수 있을까!

누군가에게 여유를 줄 수 있는
물 한 잔이 될 수 있을까.

밤에 달리는 고속도로

칠흑같이 어두운 산하를 가르며
길게 뻗은 고속도로를 달린다.
저마다 사연을 안고
가지각색의 전조등을 켠 채
앞서거니 뒤서거니 달리는 차량들.
차 안의 사람들은 누구도 밖을 보지 않는다.
그저 묵묵히 말이 없다.

가끔 나타났다 사라지는 가로등 불빛이
인사를 건넨다.
'어두운 밤길, 조심 운전하세요.'

길가 농가에 불이 환히 켜져 있다.
멀리 달려가는 차량들에게
등대가 되어준다.

캄캄한 밤길 안전운행하라고

보름달이 환하게 미소지어 준다.
계속 뒤따르며 길잡이가 되어준다.
달이 힘들어할까 봐
밝은 샛별이 곁에서 함께 한다.

아,
그래서 세상이 힘들지만은 않구나.
말 없는 별도, 달도 인생길을 인도하고
알지도 못하는 농부가
따뜻한 마음을 전해주고
비바람 홀로 맞으며 서 있는 가로등이
앞길을 비춰주니
어두운 인생길이라도
희망으로 달려가야지.

김장

푸른 갑옷 겹겹이 무장한 아름드리 배추.
반쪽으로 갈라내니 노오란 속내를 드러낸다.
꽈악 찬 속이 탐스럽고도 예쁘다.
굵은 소금 팍팍 뿌려 하룻밤을 재워두니
뻣뻣하고 싱싱하던 놈이 기가 팍 죽었다.

싱싱한 무우를 싹싹 씻어내어
채칼에 얹어 미끄럼을 태우니
가늘고 예쁜 채로 다시 태어난다.
대파 쪽파, 싹둑싹둑 썰어 넣고
매콤한 고춧가루 확 뿌려주고
비린내 진동하는 젓갈 쏟아 넣어
마늘이며 생강이며 다져 넣고
엎었다 뒤집었다 버무려 주니
군침 도는 양념 태어났다.

숨이 죽은 배추를 양념통에 집어넣고

이리 비비고 저리 비비고
치맛자락 한 켜 한 켜 들추어서
양념 채워 넣으니
맛깔 나는 김장김치 되었다.

예전에는
엄마 손은 맛 내는 손이라
맨손으로 소금치고 비벼주고 버무리니
짠 손 매운 손, 확확 손이 달아올랐다.

이제는
고무장갑이 대신해 주니
주부들의 예쁜 손 부드럽게 지켜준다.

아내 덕분에 김장을 해 봤네.
생전 처음 김장을 했거든.
맛있어야 할 텐데.

거울 앞에서

아침마다 거울 앞에 선다.

하루 사이에 거뭇거뭇 솟아난
수염을 밀어낸다.
이리 뒤척 저리 뒤척 헝클어진 머리를
간결하게 빗어낸다.
밤사이 푸석해진 얼굴에
가지가지 찍어 바른다.
옷매무시를 다시 고쳐 잡고
씨익 웃어도 본다.
'어때, 멋쟁이잖아!'
으스대며 폼도 잡아본다.

누가 봐주는 이 없어도
누가 칭찬해 주는 이 없어도
거울 앞에 서야만 마음이 놓이는 군상들.
진정한 마음의 꼴일까?

아침마다 말씀의 거울 앞에 선다.

하루 사이에 검댕이 칠 된 마음을
깨끗하게 씻어내고
이리 뒤뚱 저리 뒤뚱 헝클어진 자세를
간결하게 바로잡고
근심 걱정 고민으로 찌그러진 얼굴을
환한 미소로 주름 펴서
오늘 하루도 성령님과 손잡고
멋지게 걸어가야지.

언제 어디서나 누구 앞에서든지
밝은 미소 환한 웃음으로 다가서서
아름다운 행복 심어주는
참된 그리스도인의 꼴이지.

오늘도 거울 앞에 서 본다.

생명의 노래를 하자

추운 날씨엔 아침이면
된서리가 내리지.
자동차 창문을 얼려서
운전이 힘들게 하고
물 고인 길을 얼려서
걷기 힘들게 하고
초목들을 얼게 해서
떨게 만들지.
그리 반가운 것은 아니야.

따뜻한 봄이면 아침마다
꽃망울 피는 소리 들리지.
초목마다 기지개를 켜며
빨리 싹을 내고 꽃망울 피워
기쁨 주겠다고 노래를 하지.
한 올 한 올 피어나는 꽃망울 보면
환한 웃음꽃이 저절로 피어나지.

참으로 반가운 소식이야.

화들짝 깨어나는 초여름 아침마다
영롱한 이슬이 대지에 내리지.
꽃잎마다 이슬 머금어
환한 웃음 짓고
가지 끝마다 이슬 머금어
즐거운 노래를 하지.
생명에 힘을 주는
예쁜 이슬의 노래는
정말 기쁨의 노래야.

우리 모두 가슴을 활짝 펴고
생명의 노래를 하자.
영롱한 이슬 맘껏 머금고
환한 웃음 웃으며
생명의 노래를 하자.

잠

날마다
밤마다
잠을 자는데도
또 자야 한다.
자도 자도
또 자야 한다.

잠보.
잠퉁이.
잠꾸러기.
이름도 여러 가지다.

차라리
모든 불평,
모든 미움,
모든 시끄러움,
모든 아귀다툼

다 잠재우고

잠만 자는 세상이면

어떨까?

후기

늦깎이 인생이 부르고 싶은 마음의 노래

가난했던 시절 1년 늦게 초등학교에 입학하고 상급학교에도 진학하지 못했습니다. 방황하다가 교회 담임목사님의 배려로 20대 후반에 늦깎이로 중고등학교 과정을 검정고시로 마치고 신학교에 들어갔습니다. 그리고 30대 막판에서야 안수를 받고 늦깎이로 목사가 되어 목회에 정진했습니다. 그러다 60대에 늦깎이로 시를 쓰기 시작하였고, 70대가 넘어서야 첫 시집을 내게 되었습니다. 그래서 스스로를 늦깎이 인생이라 부릅니다. 늦깎이 인생의 마음에서 우러나온 인생의 노래를 마음껏 불러 주십시오.

아름다움을 노래하자

1판 1쇄 인쇄 2025년 3월 10일
1판 1쇄 발행 2025년 3월 17일

지은이 조규진
펴낸이 정원우
편집총괄 이원석
디자인 홍성권

펴낸곳 어깨 위 망원경
출판등록 2021년 7월 6일 (제2021-00220호)
주소 서울시 강남구 강남대로 118길 24 3층
이메일 tele.director@egowriting.com

ISBN 979-11-93200-10-0 (03810)

"이 책의 본문은 '을유1945' 서체를 사용했습니다."